아내의 빈 방

아내의 빈 방

죽음 후에

존 버거·이브 버거 | 김현우 옮김

열화당 영혼도서관

For Soojung
from
Beverly

Amny, March 2008

2008년 3월 베벌리 버거가 일화당에 보내온 마른 목련꽃잎.

존 버거는 2013년 7월 30일, 사십 년을 함께한 아내 베벌리 밴크로프트
버거(Beverly Bancroft Berger, 1942-2013)를 떠나보냈다. 그해 겨울, 그는
아들 이브 버거와 함께 그녀를 추모하는 글과 그림을 엮어 우리에게 전해 왔다.
일주기를 맞아, 지난 십 년 동안 열화당에 보내 준 베벌리의 따뜻한 우정을
추억하며, 알프스 자락에 잠든 그녀의 영전에 이 책을 바친다. ―편집자

On July 30, 2013 John Berger lost his wife Beverly Bancroft Berger (1942-
2013), with whom he had spent 40 years of married life. In the ensuing winter
he with his son Yves Berger sent us writings and pictures memorializing her. As
a tribute to Beverly's friendship to Youlhwadang in the past decade, we on the
first anniversary of her passing on dedicate this book to Beverly, who is resting in
the foothills of the Alps. ―Editor

엄마,

제 첫 전시회가 곧 열릴 거예요. 엄마가 안 계셔서 얼마나 아쉬운지
몰라요. 많이 기뻐하셨으리라는 걸 잘 아니까요.

엄마가 보여요. 아름답게 차려입고 미소를 띠고 계시네요, 제
마음속에 담아 둔 엄마의 그 미소를.

노엘가(街)를 바라보고 있어요. 제가 태어나기 얼마 전에 엄마가
사셨던 곳이죠. 엄마가 걸이 내려와 똑같은 미소를 띤 채 이
모퉁이를 지나가는 모습을 상상해 봅니다.

많은 게 그대로고, 또 많은 게 변하기도 해요. 그런 거겠죠, 엄마.
그리고 만약 엄마 말씀처럼 "로마가 하루아침에 세워진 게
아니"라면, 우리 안에 있는 가장 본질적인 것들, 태어날 때부터
죽는 그날까지 지니고 있는 것들도 그렇겠죠. 네, 어쩌면 오십 년
전에 엄마가 노엘가를 거닐며 지니고 있던 것을, 지금 여기 화랑
앞에 앉아 있는 제가 지니고 있는지도 몰라요. 만약 제 작품이
어디에선가 왔다면, 그건 엄마와 저 사이, 그때와 지금 사이의
어디일 거라고 믿어요.

그곳은 삶이 절대 끝나지 않는 곳일 거예요. 우리 사랑처럼요, 엄마.

당신은 사 주 전에 죽었지. 어젯밤 처음으로 당신이 돌아왔다오. 혹은, 다른 말로 하면 당신이 없어진 자리에 당신의 존재감이 들어왔다고나 할까. 베토벤의 「피아노를 위한 론도」 2번(작품번호 51)을 듣고 있던 중이었소. 구 분 남짓한 동안 당신은 그 '론도'였고, 그 '론도'가 당신이었지. 거기에는 낭신의 밝음, 당신의 고집, 당신의 치켜 올라간 눈썹, 당신의 부드러움이 들어 있었다오.

우리는 당신에게 바칠 비가(悲歌)를 쓰고 있는 거요, 그 '론도'에 대한 일종의 응답이라고도 할 수 있겠고.

동시에 이건 독자들에게 당신에 관해 전하는 메시지라고도 할 수 있겠지. 당신에게, 그리고 당신에 관해 쓰는 글. 또한 우리가 함께 살면서 같은 작업을 했던 그 사십 년에 관한 글.

당신에게, 그리고 당신에 대해. 음악의 독주 부분을 들을 때 사람들은 자주 이런 인상을 받잖소. 처음에는 누군가 다른 사람에게 속삭이는 말을 엿듣는 것 같은 기분이 들다가, 얼마 후엔 자신이 그 다른 사람이 되어 버리는 것 같은. 그러니까, 어쩌면 어떤 독자가 당신이 되는 일도 있겠지.

당신이 집 앞에 심어 놓거나 화분에 담아 발코니에 올려놓은 식물들에 물을 줄 때면, 나는 기도와 이어진 어떤 것, 그리고 기도와 사랑 사이의 어떤 연관을 보곤 했다오. 물의 온도는 날씨에 따라, 양동이가 햇빛 아래 얼마나 있었는지에 따라 달랐지. 어떤 때는 체온보다 따뜻했고, 어떤 때는 시릴 정도로 차갑더군. 하지만 그런 차이 때문에 그 행동에 담긴 사랑스러움까지 달라지는 건 아니었고, 작업모를 쓰고 물을 주는 당신을 사랑하는 나의 마음도 달라지지 않았소.

이 글을 쓰는데 갑자기 마흐무드 다르위시*의 글귀들이 떠오르며, 라말라에서 우리가 그와 함께 식사를 했던 일이 생각났소.(아니면 나블루스에서였나? 당신에게 물어보면, 기억력이 좋고 기록에 관해서는 빈틈이 없었던 당신 —당신은 마치 카드놀이하듯이 능숙하게 그런 것들을 처리했으니까—이 곧장 대답해 줬을 텐데, 지금은 그럴 수가 없군!) 소란스러웠던 식사 시간 동안 말을 거의 하지 않던 당신이 그에게 자작시를 하나 읽어 달라고 했지. 으쓱해진 그는 무척 차분한 목소리로 암송을 했고 말이오.

지금 내가 생각하는 구절은, 그때 그가 읽었던 구절이 아니라 이거요.

　　(…) 그리고 당신이 내게 말했지, 내가 당신보다 먼저 죽으면,
　　판에 박힌 말과 죽은 날짜 같은 것으로 나를 가두지 말고,
　　내가 잠든 곳의 흙을 한 줌 떠 주세요.
　　그럼 아마도 한 줄기 풀잎이 당신에게
　　죽음은 무언가를 또 하나 심는 것에 불과함을 알려 줄 테니 (…)

당신은 식물을 보살피는 일을 좋아했지. 그건 미래를 매만지고, 미래를 단정히 맞춰 주는 방법이었으니까―추운 날 외출 전에 현관 앞에서 내 스카프를 단정히 맞춰 주는 것처럼 말이오. 당신이 그렇게 미래에 헌신했던 건 유토피아의 존재를 믿어서가 아니라, 그런 헌신 덕분에 우리가 현재와 겨룰 수 있고 가끔씩은 앞지를 수도 있기 때문이었지. 당신은 과거의 메시지를 지니고 미래를 향해 달리는 주자처럼 현재를 가로질렀소. 당신의 몸은 달리기 선수나 경마의 기수, 혹은 스케이트 선수 같았지.

당신은 승마를 했고, 흑인인권운동을 지지했으며, 피겨 스케이팅을 했고, 열아홉 살 때 인도 출신의 딜립과 결혼했고, 미국을 영원히 떠난 후에 나를 만났지. 당신은 얼음 위에서든 삶에서든, 신중하게 발걸음을 옮겼소. 당신이 선택하는 방식에 현란함 같은 건 전혀 찾아볼 수 없었지.

당신을 유심히 보면, 길을 찾는 일에 익숙한 사람에게서 볼 수 있는 세심한 분위기가 느껴진다오. 모자를 쓰거나 코트를 입는 모습, 머리를 만지는 모습, 문을 여는 모습, 돌아서서 나가는 모습. 당신은 길을 찾는 사람이오.

그렇게 고요하게 ―거의 꿈을 꾸듯이― 앞으로 나아가면서, 가능하지만 절대 확신할 수 없는 길들을 살피지. 대안적 미래에 이르는 길들이었소. 당신은 막혀 버린 현재를 조용히, 냉소적으로 거부했으니까.

당신은 정찰하는 발과 길을 찾는 사람의 손끝을 지녔지. 당신은 말을 낭비하지 않았소. 종종 짧은 미소가 모든 걸 말해 주었으니까.

현재를 가로지르는 당신의 그 길들을 따라, 당신은 과거에서 쓸모가 있다고 여겨지는 것들을, 당신이 찾는 알 수 없는 미래로 옮겼지. 당신은 그 선택된 유산들을 두 어깨뼈 사이에 멘 아주 가벼운 배낭처럼 지니고 다녔소. 전혀 무게가 없는 것처럼 보였다오. 미래에 대해 말하자면―그건 서로 주고받는 눈빛 안에 있는 것이었고.

내가 글을 쓰는 탁자 위에, 당신의 안경에 끼울 렌즈 두 개가 든 봉투가 놓여
있소. 안경점에서 막 받아 온 새 렌즈인데 기억나오? 당신은 가만히 누워서만
지냈고, 몸을 움직이려 하면, 모르핀을 맞은 상태에서도 너무 아파했지. 당신은
계속 뭔가를 적었소, 안경을 썼다 벗었다 하면서 말이오. 가끔 안경을 못 찾고
그대로 잃어버릴 때도 있었지. 베개 밑에, 혹은 이불 사이에, 신문 밑에 있던
안경을 산드라나 내가 찾아 주곤 했잖소. 그럴 때면 당신은 안경의 아래쪽
절반, 그러니까 원시를 교정해 주는 부분이 조금 닳은 것을 발견하고는 이렇게
말했지. 새로 맞춰야겠는데! 그래서 내가 옛날 처방전을 가지고 새 렌즈를
주문했지. 열흘이 걸린다고 하더군. 무슨 이유에선지 나는 그 자리에서 전액을
지불하기로 했는데, 그건 일종의 서약이었을 테지. 렌즈를 찾으러 갔을 때 이미
당신의 감긴 눈에 마지막 입맞춤을 한 다음이었지만.

렌즈를 집어 들었소. 왼쪽과 오른쪽 모두 위쪽 절반은 근시용, 아래쪽 절반은
원시용이오. 당신은 아주 어릴 때부터 안경이나 콘택트렌즈를 썼지. 덕분에
당신의 시선은 가까운 것과 먼 것을 아주 또렷하게 구분하는 일에 익숙해졌소.
과거와 미래라고도 할 수 있을까?

렌즈를 내 늙은 눈에 대고 한번 보고 있소. 보이는 것들의 비율이 혼란스럽지만
주변은 조금 밝아지는군. 당신은 그 투명함으로 응시하고 관찰하고 선택했지.
그건 당신의 타고난 시각이었소.

다시 그 '론도'가 떠오르는군. 곡은 중간에서, 마치 영원한 침묵이 찾아온
것처럼 갑자기 멈추곤 했지. 그러곤 다시 시작하는 거요. 매 부분마다 반복되는
후렴구가 있고 말이오. 내가 쓰고 있는 당신 안경의 특별한 투명함이 그
'론도'의 고집스러움과 닮았군.

눈을 감으면 당신의 반복, 당신의 후렴구가 보여. 그 후렴구 안에서 사십 년
동안의 분주함, 모색, 길을 잃었던 일들, 반쯤만 알 것 같은 대답들이 변하지.
사십 년의 세월이 단 하나의 행동으로 바뀌는 거요.

그 세월 동안 내가 쓴 거의 모든 글들을 당신에게 가장 먼저 보여 줬소. 당신은
즉시 반응을 보이며 이런저런 제안을 했고, 타자기로 옮겨 친 다음, 그 글들을
외부로 보내고, 번역이나 계약 같은 걸 진행했지.

글을 쓰는 동안 나는 끊임없이 당신의 반응을 기다렸던 거요. 나에게 글쓰기는
벗겨내는, 혹은 독자들을 발가벗은 무언가에 가까이 다가가게 하려는
형식이었으니까. 그리고 그 발가벗은 무언가에 대한 기대를, 우리는 함께했지.
우리는 사물들의 이름 뒤에 있는 것을 함께 꿰뚫어 보기를 원했고, 그러고
나면, 서로를 꼭 붙들었어. 그렇게 붙들고 있으면 나는 다시 혼자서 글을 써야
할 때도 계속해서 나아갈 수 있는 용기를 얻곤 했지.

습관이 본능이 되어 버린 거요. 지금 이 글을 쓰면서도 나는 당신의 반응을
기다리고 있으니.

당신은 엄청나게 큰 것의 반대가 뭐라고 생각하오? 공기 같은 것? 무언가 되어 가는 행동이 무언가 되어 있는 행동보다 당신의 본성에 관해 더 잘 말해 주는 것 같소. 둘이서 함께 오토바이를 탈 때면 ―지난 몇 년 동안 얼마나 탔지? 네 번?― 당신은 뒷자리에서 꼼짝도 않고 아주 차분하게 있었지. 하지만 나는 오토바이를 앞으로 나아가게 하는 게 당신인 것만 같은 느낌이 들곤 했소. 나를 조종사로 활용하면서 말이오.

당신은 가능한 한 뭐든, 무언가 되어 가는 것을 위한 장치로 바꾸어 버렸소. 축사(畜舍) 이층에 있는 우리 침실의 천장이 파란색인 것도 그런 이유에서였고. 천장의 합판은 사십 년 전 우리가 처음 들어와 살 때부터 그 파란색이었지. 하늘의 파란색. 아마도 파리를 쫓으려고 고른 색이었을 거요. 바로 아래는 소들을 키우는 축사였으니까. 아침에 눈을 뜨면, 마치 그 파란색이 우리를 맞아 주는 새로운 하루라도 되는 것처럼 그걸 골똘히 바라보곤 했지. 손짓하는 공간.

어제인지 그제인지, 과거에서 온 한 영혼이 내게 손짓을 했소. 에이미 존슨, 비행사. 1930년에 최초로 런던에서 호주까지 비행을 한 사람이지. 아주 어릴 때 알았던 그녀에 관한 노래가 기억났소.

　　　모두의 마음을 사로잡은 작은 여인이 있어. (…)

그녀의 사진을 본 적이 있는데, 그 얼굴을 다시 한번 보고 싶었소. 이상한 예감이 맞는 건지 확인하고 싶었거든. 사진들을 좀 찾아봤지. 당신에게도 보여 줄 수 있으면 좋으련만. 당신이라면 눈썹을 치켜 올리고, 잠시 후에, 미소를 띤 채 고개를 끄덕였을 것 같소.

당신과 그녀는 '기대'라는, 비슷한 습관을 공유하고 있는 거요. 길을 찾는
사람들.

당신과 그녀가 머리를 만지는 모습. 앞에 놓인 것을 뚫어질 듯 응시하며,
동시에 그 너머에 있는 것을 응시하는 그 모습.

당신이 샤워를 마치고 주방으로 와 조리대 옆의 의자에 앉으면, 나는 가스 풍로
옆에 있는 소켓에 헤어드라이어의 플러그를 꽂고 당신 머리를 말려 주었지.
내가 머리를 다 말려 주고 나면 당신은 머리칼을 뒤로 빗어 넘겼소. 절대 얼굴
옆이나 앞으로는 빗어 내리지 않았지.

마치 앞으로 나아가는 동안 바람에 머리가 뒤로 날리는 것처럼, 당신은 그렇게
빗질을 했지.

레마 하마미*가 당신에게 '날으는 치마(Flying Skirt)'라는 별명을 붙여 준
거 기억나오? 우리는 길고 숱이 많은 머리칼 때문에 당나귀(donkey)가
생각난다며 그녀를 '동크(Donk)'라고 불렀잖소.

운동화 중에 하나라도 지저분한 걸 발견하면 당신은 곧장, 가능한 한 빨리
빨고, 탁자에 앉아 가늘고 재주 많은 손가락으로 표백제를 발랐지. 그런 다음엔
그 운동화를 옷장의 특별한 자리에 두었소. 다음에 운동화를 신고 외출할 일이
있을 때 곧바로 꺼내 신을 수 있게 말이오. 길을 찾는 사람들.

내가 이제 하려는 이야기를 당신도 알고 있었는지 모르겠군. 안다는 것에는
많은 단계가 있고, 종종, 가장 깊은 단계의 앎이란 말이나 생각과 꼭 맞지는
않지. 당신은 알고 있었을 거라고 믿어.

침대에 누운 당신이 온몸을 꿰뚫는 것 같은 고통 때문에 움직이지도 못할 때,
고통을 가라앉히기 위해 우리가 할 수 있는 일이라고는 모르핀이나 코르티손
주사를 한 대 더 놓아 주거나 몸을 받치는 베개들을 다시 맞춰 주는 일밖에
없었을 때, 식사를 위해 몸을 일으키지도 못하고 빨대로 뭘 마실 수만 있었을
때, 겨우 찻숟가락—당신이 좋아하던 손잡이가 달린 그 숟가락—으로
음식을 조금만 먹을 수 있었을 때, 하루에 여섯 번씩 당신의 몸을 씻겨 줘야
했을 때, 기저귀로 대소변을 받아야 했을 때, 욕창을 막기 위해 발뒤꿈치와
팔꿈치를 닦아 줘야 했을 때, 당신은 비할 데 없이 아름다웠소. 그 비할 데 없는
아름다움은 당신의 용기에서 나오는 것이었지.

어떻게? 당신이 산드라에게 물었지, 재주 많은 손을 허공에 내저으며. 어떻게 하는 거지?

이리 와. 당신이 말했지, 손으로 이브를 가리키며. 이야기 좀 해 주렴….

당신의 용기는, 부질없이 두려움을 극복하려 애쓰기보다는, 그 두려움을 손님처럼 맞이해 주었지.

그렇게 아름다운 당신의 용기가 마지막까지 당신과 함께한 거요. 그리고 시간을 물리친 그 용기가 우리와 함께 남아, 침묵을 채우고 있는 거요.

간선도로에서 빠져나와 집으로 차를 몰고 오다 보면 나무로 지어 올린 지붕 밑의 신기한 벤치를 늘 지나치지. 삼 마일 떨어진, 마을 중심부에 있는 학교에 가려고 아침 일찍 버스를 기다리는 아이들을 위해 자치회에서 이 년 전에 놓아 준 그 벤치 말이오.

점심을 먹고 서류 작업을 계속하기 전에 산책하곤 했던 거 기억나오? 가끔 그쪽으로 걷기도 했잖소. 잠시 걷다가 당신이 말했지. 벤치에서 좀 쉬었다 가요, 라고. 이미, 당신은 그렇게 빨리 지치곤 했지. 특히 북풍이 불어, 돌아오는 길에 바람을 맞으며 걸어야 할 때면.

우린 벤치에 앉았지. 그 벤치엔 뭔가 신기한 구석이 있었소. 엉덩이를 대고 앉는 부분이 너무 높았던 거지. 우리 어른 둘이 앉아도 발끝이 겨우 땅에 닿을 듯 말 듯했으니까.

거기에 다리를 흔들며 앉아, 이렇게 높게 벤치를 만든 이유가 뭘까 궁금해하며 그 부조화가 재미있어서 웃었지. 아침 여덟시에 거기에 가 본 적은 없으니까 아이들이 어떻게 반응하는지는 알 수 없었지만.

지금도 가끔 운전을 하며 그 벤치를 지날 때면, 다리를 흔들며 앉아 있는 우리 모습이 보인다오. 마치 영원함 위에 앉아 있는 것처럼.

25

오늘 오후에 마당에서 마지막(내년까지는) 산딸기를 한 대접 땄소. 해마다 당신이 잡초를 뽑아 주고, 새로 나온 가지가 지지대에 감길 수 있게 웃자란 가지들을 쳐 주던 모습이 보인다오. 당신은 손을 보호하기 위해 장갑을 꼈고, 쐐기풀을 보면 짜증을 냈지.

이 산딸기들은 크고, 팔월의 태양 때문인지 초기에 땄던 것들보다 훨씬 달더군. 당신이 침대에서 꼼짝도 못 할 때 내가 한 알씩 먹여 주었던 그것들보다 말이오. 그래도 당신은 그때 그것들이 더 입에 맞다고 했지. 입을 오물거리며 기분이 좋은지 장난스럽게 웃었는데.

애써 참고 있는 고통에 완전히 둘러싸인 상태에서 맞이하는, 그런 즐거움의 순간은 어떻게 가늠할 수 있을까? 나는 모르겠소. 어쩌면 가늠할 수 없는 건지도 모르지.

그렇게 알 수 없다는 사실이, 하지만 당신에게 더 가까이 갈 수 있게 해 주는 거요. 아니면 방금 딴 산딸기를 입에 넣고 맛보는 순간에, 당신이 내게 가까이 다가온 걸까?

당신 옷들은 어떻게 하면 좋겠소? 사랑하는 이가 죽은 후에 따라오는 이 질문을, 지금도 셀 수 없이 많은 집에서 하고 있겠지. 대답은 분명하오. 몇 점은 가까운 친지들에게 주고, 몇 점은 친한 친구나 이웃에게 주고, 몇 점은 자선단체에 기부하고, 약간은 사랑하는 이를 위해 보관하는 거요.

대답은 분명하지만, 그 질문은, 아무 대답도 허락하지 않는 은밀한 의문처럼 가까운 곳에서 계속 떠오른다오.

당신 옷 몇 점을 이 글에도 걸어 두겠소.

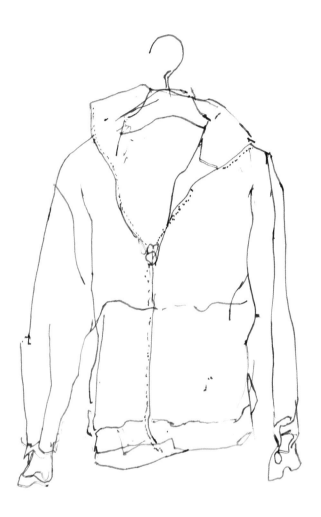

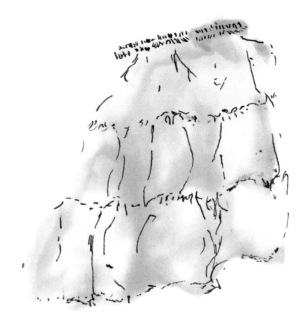

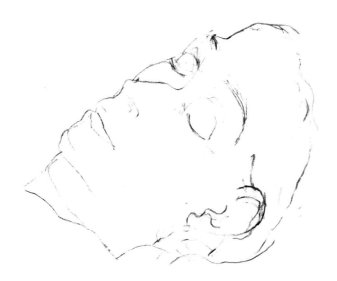

우리는 계속 뒤돌아보고 있소. 그리고 당신이 그런 우리와 함께 있는 것
같은 느낌이 들어. 당신은 시간을 벗어난 곳에, 되돌아보거나 내다보는 일이
존재하지 않는 곳에 있으니 말이 안 되겠지만, 그래도 당신은 우리와 함께 있는
거요.

계산할 수 없는 방식으로 우리가 (순간적으로나마!) 시간을 벗어난 어딘가에
있는 당신에게 합류했다고는 할 수 없는 걸까?

회상하는 순간들의 본성 때문에 이런 일이 벌어졌다고 할 수는 없는 걸까? 이런
일이 생길 때 그렇듯이, 이미 그 순간들은 영원했기 때문에.

당신이 타자기로 쳐서 내게 보여 준 스피노자의 인용문이 몇 개나 될까? 그
중에 이런 것들이 있었지.

> 우리는 우리가 영원하다는 것을 느끼고 경험한다. 왜냐하면 정신은
> 그것이 기억 속에 지니고 있는 것들 못지않게 그것이 지성 속에서
> 인식하는 것들을 느끼기 때문이다. 왜냐하면 정신이 실재들을 보고
> 관찰하는 정신의 눈은 증명 자체이기 때문이다. 따라서 비록 우리가
> 신체 이전에 우리가 실존했는지에 대해 기억하지 못한다 해도, 우리는,
> 우리의 정신은 영원의 관점에서 신체의 본질을 함축하는 한에서
> 영원하며, 우리 정신의 실존은 시간으로 정의될 수 없다는 점, 또는
> 지속으로 설명될 수 없다는 점을 느낀다.

> 정신이 영원의 관점에서 인식하는 모든 것은, 정신이 현행적으로
> 현존하는 신체의 실존을 파악한다는 사실로 인해 인식하는 것이 아니라,
> 영원의 관점에서 신체의 본질을 파악한다는 사실로 인해 인식하는
> 것이다.

어디 계세요, 엄마? 죽은 이들이 진짜로 있는 곳은 어디에도 없는 곳이라고 누군가 말하더군요. 그런데 그건 무슨 뜻일까요? 우리는, 우리의 삶에서, 그런 곳을 말하시 않잖아요. 우리는 어디에도 없는 곳이 뭔지 모르니까요.

JOYEUX NOEL MENON

엄마가 점점 더 몸을 움직일 수 없게 되면서 아빠가 엄마 이마와 머리칼을 쓰다듬어 주던 게 기억나요. 그래, 그래 여보, 그래… 라고 말씀하셨죠. 천천히, 천천히, 거의 속삭이듯이, 아빠 목소리는 거의 침묵에 가까웠어요. 아빠는 그 말을 몇 번이나 했을까요, 엄마?

좋은 날에는 엄마를 느낄 수 있어요. 보통은 제 머리 위에서—우리 머리 위에서요. 퍼져 가는 존재감. 마치 엄마가 미소를 띠고 계신 것 같아요. 제가 하고 있는 일에 엄마도 동의해 주시는 거라고 믿고 싶지만, 제 생각에 동의라는 것도 다른 판단과 마찬가지로, 지금 엄마가 계신 곳과는 관계가 없겠죠. 그건 여기 지상에 있는 우리의 일이에요.

나쁜 날엔, 음, 그 얘긴 하지 않을게요. 괜찮죠?

호두나무가 최근 몇 주 동안 무서울 정도로 많이 열매를 맺었어요. 지금은 거의 다 땄답니다. 대부분은 작업실에서 말리고 있는데, 서로 겹치지 않게 최대한 넓게 펴 두었어요. 뿐만 아니라, 이틀에 한 번씩 섞어 주기도 하고요. 그래도 썩은 것들이 좀 있어서, 그것들은 올해는 말리기 어려울 것 같아요. 올해 내린 비 때문인지도 모르죠. 아니면 늘 그랬던 건지도 몰라요. 어떤 착각이 있는 건지도.

지금 여기는 밤이에요. 어둡네요. 계곡에서 시냇물 소리가 들려요. 흐르는 시냇물. 엄마는 그 흐름이에요.

이제 막 만성절(萬聖節)이 지났고 묘지는 꽃으로 뒤덮였어요. 여기저기에 꽃들이 무리지어 있죠. 7월 14일* 밤에 열리는 불꽃놀이 같아요. 엄마는 그렇게 터질 듯한 색깔들이에요.

멜리나에게 소리를 지르고 나서 ―물론 제가 텔레비전을 꺼 버린 것에 대해 아이가 불평을 했기 때문이죠― 기분이 좋지 않다고 이야기했어요. 아이 잘못이 아니었죠. 아이에게 엄마가 그립다고 말했어요. 아빠는 할머니가 보고 싶은 거라고. 아이가 울었어요, 천천히. 손가락을 뻗어 제가 울고 있는지도 확인하더군요. (어두웠거든요) 저는 울지 않았어요. 울 수가 없다고, 눈물이 나지 않는다고 말했죠. 남자들은 종종 그 능력을 잃어버린다고, 울 수 있는 능력을 잃지 않는다면 남자들이 그렇게 멍청해지지는 않을 거라고, 아이에게 말했어요. 아이도 동의하는 것 같았죠. 아빠의 눈물은 몸 안으로 흐르는 거라는 말은 하지 않았어요. 엄마는 그 눈물이에요. 멜리나의 눈물이기도 하죠.

엄마가 어디 계신지 모르기 때문에, 엄마의 몸이 누워 있는 곳으로 가요. 잠시 후면 저희가 고른 돌멩이가 엄마 무덤 위에 놓이겠죠. 흙과 풀 사이에 놓을 텐데, 그러면 아름다울 거라고 믿고, 또 그러기를 바라요.

이젠, 엄마가 늘 해 주신 대로 내가 막 쓴 것들을 타자기로 쳐 달라고 부탁할 수 없다는 걸 알아요. 그러니 우리가 엄마를 위해 그 일을 할게요.

옮긴이 주(註)

p.12   Mahmoud Darwish. 팔레스타인의 국민작가.

p.23   Rema Hammami. 팔레스타인 웨스트뱅크에 있는 비르치트 대학의 인류학 교수이자 여성학자.

p.35   프랑스혁명 기념일.

그림, 사진, 인용문 출처

면지   존 크리스티(John Christie) 〈베벌리의 작업실〉 2009년.

p.7   이브 버거 〈베벌리〉 2013년 8월 1일.

p.9   이브 버거 〈베벌리〉 1994년.

p.11   이브 버거 〈존 버거〉 1994년.

p.12   인용문: 마흐무드 다르위시.

p.13   존 버거 〈베벌리를 위한 제라늄이 있는 발코니〉.

p.14   이브 버거 〈베벌리의 코트〉 1994년.

p.17   장 모르(Jean Mohr) 〈베벌리 버거와 존 버거, 클루아제〉 1976년.

p.18   존 버거 〈베벌리〉 1980년대.

p.20   존 버거 〈베벌리의 누드〉 1974년.

p.21   〈에이미 존슨(Amy Johnson)〉. ⓒ Daily Herald Archive/National Media Museum/Science & Society Picture Library.

p.22   장 모르 〈담배를 든 베벌리〉 1990년대.

p.24   〈캥시의 집〉 1992년.

p.27-29   존 버거 〈옷과 신발〉 2013년.

p.30   존 버거 〈베벌리〉 2013년 8월 1일.

p.31   인용문: 스피노자, 『윤리학』 5부 「지성의 힘, 혹은 인간의 자유에 대하여」.

p.33   이브 버거 〈베벌리의 옆모습〉 1993년 크리스마스.

p.36   존 버거 〈커피를 마시는 베벌리〉 1993년 11월 5일.

p.38   멜리나 버거(Mélina Berger) 〈캥시로 이어지는 교차로〉 2013년.

존 버거(John Berger, 1926-2017)는 미술비평가, 사진이론가, 소설가, 다큐멘터리 작가, 사회비평가로 널리 알려져 있다. 처음 미술평론으로 시작해 점차 관심과 활동 영역을 넓혀 예술과 인문, 사회 전반에 걸쳐 깊고 명쾌한 관점을 제시했다. 중년 이후 프랑스 동부의 알프스 산록에 위치한 시골 농촌 마을로 옮겨가 살면서 생을 마감할 때까지 농사일과 글쓰기를 함께했다. 저서로『피카소의 성공과 실패』『예술과 혁명』『다른 방식으로 보기』『본다는 것의 의미』『말하기의 다른 방법』『센스 오브 사이트』『그리고 사진처럼 덧없는 우리들의 얼굴, 내 가슴』『존 버거의 글로 쓴 사진』『모든것을 소중히하라』『백내장』『벤투의 스케치북』『아내의 빈 방』『사진의 이해』『스모크』『우리가 아는 모든 언어』『몇 시인가요?』『초상들』『풍경들』등이 있고, 소설로『우리 시대의 화가』『여기, 우리가 만나는 곳』『G』『A가 X에게』『킹』, 삼부작 '그들의 노동에'『끈질긴 땅』『한때 유로파에서』『라일락과 깃발』이 있다.

이브 버거(Yves Berger)는 1976년 프랑스 오트사부아(Haute-Savoie)의 생주아르(Saint-Jeoire) 태생의 화가로, 제네바 국립고등미술학교를 졸업했다. 현재 알프스 산록의 시골 마을에 살며 작품활동을 하고 있다. 주요 개인전으로 「과수원에서 정원까지(From the Orchard to the Garden)」(마드리드, 2017), 「마운틴 그라스(Mountain Grass)」(런던, 2013) 등이 있다.

김현우(金玄佑)는 1974년생으로, 연세대학교 영어영문학과를 졸업하고 동대학원 비교문학과 석사과정을 수료했다. 역서로『스티븐 킹 단편집』『행운아』『고딕의 영상시인 팀 버튼』『G』『로라, 시티』『알링턴파크 여자들의 어느 완벽한 하루』『A가 X에게』『벤투의 스케치북』『돈 혹은 한 남자의 자살 노트』『브래드쇼 가족 변주곡』『그레이트 하우스』『우리의 낯선 시간들에 대한 진실』『킹』『사진의 이해』『스모크』『우리가 아는 모든 언어』『초상들』, 삼부작 '그들의 노동에'『끈질긴 땅』『한때 유로파에서』『라일락과 깃발』등이 있다.

아내의 빈 방

죽음 후에

존 버거·이브 버거 | 김현우 옮김

초판1쇄 발행 2014년 7월 30일
초판4쇄 발행 2020년 7월 1일
발행인 李起雄 발행처 悅話堂
경기도 파주시 광인사길 25 파주출판도시
전화 031-955-7000 팩스 031-955-7010
www.youlhwadang.co.kr yhdp@youlhwadang.co.kr
등록번호 제10-74호 등록일자 1971년 7월 2일
편집 이수정 조민지 디자인 박소영
인쇄 제책 (주)상지사피앤비

ISBN 978-89-301-0468-5   03840

이 도서의 국립중앙도서관 출판예정도서목록(CIP)은
서지정보유통지원시스템 홈페이지(http://seoji.nl.go.kr)와
국가자료종합목록 구축시스템(http://kolis-net.nl.go.kr)에서
이용하실 수 있습니다.(CIP제어번호: 2014022512)